MARTIN WALSER

Mädchenleben
oder Die Heiligsprechung

Legende

ROWOHLT

Legende

1

Ein Mädchen ist verschwunden. Ich spüre, dass man mich verdächtigt, deshalb bin auch ich verschwunden und schreibe jetzt, was ich weiß, um zu beweisen, dass nicht ich es war, der am Verschwinden des Mädchens schuld ist. Auf jeden Fall nicht mehr als jeder andere.

Ich sitze in einer unvollkommen heizbaren Berghütte und schreibe *Mädchenleben*.

Genaue Erhebung über diesen Sonntagnachmittag.

Um 16.12 Uhr wurde das Verschwinden festgestellt.

Für alle ein Rätsel.

Hinweise: Sie hat schlecht gegessen seit Monaten.

Sie hat abends lange gesungen.

Sie hat Freundinnen verraten und ihnen alles geschenkt.

Sie hat des Öfteren versucht, sich im Sand einzugraben.

Sie sagte: Wann kommt wieder früher?

Die letzten Tage sind zu schildern, aber auch das ganze nachbarliche beobachtete Leben des Herrn Zürn und seiner Frau und seiner zwei Kinder. Diese arme Familie, deren Untermieter ich bin. Frau Zürn wollte die Polizei rufen, Herr Zürn verbot es ihr.

Ach, ihr Ungläubigen, rief er. Die Polizei, lächerlich! Sirte kommt. Wenn es Zeit ist, kommt sie.

Ich aber muss berichten, was ich erfahren habe über die Verschwundene. Alles kann eine Bedeutung haben. In der Schule! Eine Kollegin erzählte mir, dass das Mädchen ihr auffiel, weil sie, als sie einmal schlechte Noten bekommen hatte, sich bei ihr meldete und sagte, die schlechten Noten habe sie, die Schülerin, verdient.

Das Mädchen war nie in meiner Klasse.

Alles kann helfen, das Rätsel ihres Verschwindens zu lösen. Zu berichten ist, was ich als sogenannter Zimmerherr der Familie Zürn mitgemacht und erfahren habe. Zu berichten wäre zum Beispiel auch, dass ich einmal hörte, wie die Mutter zu Sirte sagte:

Wasch jetzt die Haare.

Sirte: Morgen.

Die Mutter: Das hast du gestern schon gesagt.

Sirte: Aber morgen sicher.

Die Mutter: Das glaube ich dir nicht.

Sirte: Dein Pech.

Zu gestehen habe ich, dass ich nach diesem Mädchen eine Sehnsucht habe wie nach nichts sonst. Wenn ich sie nicht mehr sehe, nicht mehr finde, hat das Leben für mich keinen Sinn mehr. Wenn sie nicht mehr in dieser Welt ist, will ich auch nicht mehr drin sein. Oder: Wenn sie hier nicht leben kann, kann ich es auch nicht. Wenn die Welt nicht so ist, dass sie darin leben kann, dann ist diese Welt unbewohnbar für mich.

Seit Sirte verschwunden ist, ist nur noch von ihr die Rede. Herr Zürn entdeckte, dass sie keinen Geruchssinn hat. Er habe nicht gewagt, ihr das mitzuteilen. Er machte immer stärkere Geruchsexperimente, bis hin zur Stinkbombe.

Frau Zürn: Ob sie nach Indien ist? Aber dann hätte sie doch von sich hören lassen.

Weil ich so viel über Sirte gesammelt und mitgeteilt habe, stehe ich unter Verdacht und bin in der U-Haft gelandet. Mein Rechtsanwalt brachte mir Schokolade mit und aß sie dann selber auf. Aber ich konnte eine Unschuld nachweisen, die ich nicht habe, und bin wieder auf freiem Fuß.

2

Und dann war sie so plötzlich, wie sie verschwunden war, wieder da, und ich kehrte aus den Bergen zurück. Sie kam zu mir und sagte: Es war ein Absprung. Ein Versuch. Sie werden es noch begreifen.

Ludwig Zürn, unter anderem Immobilienhändler, berichtete mir, weil er weiß, dass ich jetzt alles sammle: Wenn er merkt, dass Sirte keine Bewunderung erregt, nicht einmal Aufmerksamkeit, und sie es selber auch bemerkt, dass sie nicht bemerkt wird, und immer greller einfordert, bemerkt zu werden, ja, was soll er denn da tun, als sie an sich zu drücken, bis sie weinen kann.

Zu berichten ist auch, dass Herr Zürn einmal zu plötzlich von seinem Schreibtisch aufstand, in den Garten hinausrannte und auf seine Frau einschlug. Sie war gerade dabei, Lupinen zu setzen, ihre Lieblingsblumen. Dann dieser Ausbruch nach einem Telefonanruf. Das Klingeln hatte ich gehört und nach einem kurzen Gespräch das Auflegen des Hörers. Dann war es noch eine Zeit lang ruhig gewesen. Dann ging er vors Haus, stand noch einen Augenblick da, sah seiner Frau zu, und dann hin und schlug auf sie ein. Sie fiel in die weiche Erde. Sie schrie nicht. Sie sagte nur immer: Ludwig, Ludwig. Beschwörend, als wolle sie sagen: Ludwig, die Nachbarn, wenn das jemand sieht. Und Sirte war nebenan. Ich hörte, wie sie die Vorhänge vorzog, dann hörte ich ein gezogenes Weinen. Eher ein Winseln. Plötzlich ein Trampeln. Nicht laut, aber sehr schnell. Und nicht hin und her und nicht sich entfernend, sondern ein ganz schnelles Trampeln an Ort und Stelle, wie ein Trommelwirbel. Dann hörte es wieder auf. Das Winseln blieb noch eine Zeit. Dann hörte es auch auf.

Beide Zürn-Kinder haben sehr schwache Stimmen. Karla, die dickere, hat eine schwächere Stimme als Sirte, die dünnere.

Zu berichten ist jetzt: Wenn es stürmte, rannte Sirte in den See und wollte nicht mehr heraus, und wenn sie herauskam, redete sie und war nicht zu unterbrechen, und zwar redete sie da laut und bestimmt und schnell. Was sie da redete, konnte man nicht verstehen, es musste einfach laut und schnell geredet werden.

Wenn der Hund mit Sirte im Wasser war, kam Karla: Wie lang warst du mit ihm im Wasser? Ist er dir nachgeschwommen? Geh da sofort weg! Blöde Sau, blöde.

Sirte einmal zu mir: Ich kann mich nicht zusammennehmen. Ich müsste mich entschließen, die Arme auszustrecken, dass die Hände irgendwo Halt fänden. Ich treibe abwärts. Vielleicht nimmt die Geschwindigkeit zu. Und Angst habe ich auch. Diese Angst macht müde. Ich könnte gähnen vor Angst.

Wie sie Speichel schleudern und zurückholen kann durch die Zahnlücke unten. Wie die Schlangenzunge schießt der solide weiße Faden heraus und wieder zurück. Dabei bleibt sie ganz ernst. Sirte war fünf Jahre, acht Monate und siebzehn Tage, als sie ohne Aufforderung begann, die s-Laute zu korrigieren. Das spitze Kinder-S, das bisher für alles herhalten musste, wurde abgeschafft. Alles mit sch überzogen. Schon nach ein paar Tagen so viele verschiedene sch-Laute wie bei einer Schneeschmelze – tropfen, zischen, schmelzen.

Berichtet werden muss außerdem, wie Karla beim Mittagessen mit Sirte über die Abiturarbeit spricht: Zehn Fehler, zwei Wörterfehler, numquam statt nonumquam, und für durchwandern hat sie delare, das gibt es gar nicht, das heißt peragrare. Hörst du.

Aber Sirte hat nicht zugehört.

Du bist sehr unhöflich, du sitzt mit uns am Tisch, wir sprechen mit dir, sprechen deinetwegen, aber du hörst nicht zu, was wir sprechen.

3

Herr Zürn füttert mein Interesse.

Jetzt dieses Gespräch mit ihm, dieses alles verändernde Gespräch.

Als Sirte verschwunden war, habe er mir das, was er jetzt zu sagen habe, schon mitteilen wollen. Hören Sie, was ich Ihnen jetzt sage, kann ich nur Ihnen sagen, nur Sie sind imstande, mir zu helfen. Als Sirte fort war, habe ich mir vorgenommen, sie heiligsprechen zu lassen. Ja, staunen Sie ruhig. Material dafür gibt es genug. Ich werde Sie mit allem versorgen, denn ohne Sie ist das nicht zu schaffen.

Ich war sprachlos, aber ich begriff. Herr Zürn kennt Sirte besser als jeder andere. Ich war zwar sprachlos, aber ich begriff, dass ich gar nicht versuchen kann zu verstehen, was Herr Zürn mir zumutet und zutraut. Seit Jahr und Tag ist mir Sirte aufgefallen. Alle ihre Gesten und Sätze habe ich schon bald angefangen aufzuschreiben. Dass sie ein Mädchen ist wie kein anderes, habe ich bemerkt. Und sie hat bemerkt, wie sehr ich mich für sie interessiere, wie wichtig für mich alles ist, was sie sagt und tut. Zwischen uns ist etwas entstanden, wofür ich keinen Namen habe.

Aber dass sie heiliggesprochen werden soll, wäre mir nie eingefallen. Dass Sirtes Vater das für möglich hält, dass er das betreiben will, zeigt nur, dass er, der ein Hiob ist und ein Scheusal, dass der mit Sirte verbunden ist wie kein anderer Mensch. Als er mir sagte, dass er Sirte heiligsprechen lassen will, war ich zwar zuerst sprachlos, aber dann die Sensation: Die gewaltige Nachricht nahm mich ein. Ich staunte selber darüber. Ich begriff, ich hielt es für sinnvoll: Sirte sollte heiliggesprochen werden! Dass das eine verrückte Idee war, spürte ich durch und durch. Ich hatte keine Ahnung, wie das gehen sollte, war aber entzündet von diesem Einfall des Vaters Zürn. Ich war ergriffen. Ich war bereit, für verrückt gehalten zu werden. Das heißt, ich war zu allem bereit.

Vater Zürn beendete dieses Gespräch so: Kein Wort darüber zu Sirte.

Komisch, dass mir jetzt einfällt, wie Sirte geschaukelt hat. Ich sah vom Fenster aus zu. Sie bemerkte mich nicht. Was sie tat, tat sie vor Kindern aus der Nachbarschaft. Es war ihre Art zu schaukeln. Auf dem höchsten Punkt verweilte sie. Wie sie das machte, ist unerklärlich. Die Nachbarskinder fragten, wie sie das mache. Sirte sagte: Keine Ahnung.

Herr Zürn hat so recht. Sirte muss heiliggesprochen werden. Aber wer bin ich, dass ich teilnehme an einem ungeheuren, einmaligen, nie da gewesenen Prozess! Wer bin ich überhaupt? Ich muss sagen, wer ich bin. Anton Schweiger, ja. Ich bin Lehrer, ja. Deutsch und Erdkunde. Aber ich interessiere mich schon lange nicht mehr für alles Schulische. Sirte hat mich gefangen genommen. Ihre Wirkung verstehen zu lernen ist mir das Wichtigste. Aber wer ich bin, muss ich mir schon zu sagen versuchen. Meine Existenz als Lehrer! Was ist sie mir wert?

Alle, die ich kenne, kenne ich fast zu gut. Soll ich mit ihnen brechen? Was mich mit meinen Freunden oder Bekannten verbindet, ist eine Serie von Stillhaltekonventionen. Wir haben uns, ohne je darüber zu sprechen, darauf geeinigt, einander nur das zu sagen, was gesagt werden kann, ohne dass wir uns sofort und für immer trennen. Ich werde nie erfahren, wie viel sie mir verschweigen müssen, um mit mir umgehen zu können. Manchmal gleißt hinter unseren Freundlichkeitsrüstungen für Augenblicke die wirkliche Feindseligkeit auf. Wir schließen die Augen, bis wieder das schummrige Licht der Duldung zurückgekehrt ist, bis sich wieder jeder als der virtuose Samariter des anderen fühlt und, ernährt von diesem Gefühl, etwas Freundliches sagt. Nur Gleichgültigkeit gegeneinander kann uns auf Dauer zusammenhalten. Liebte man einen Freund, hielte man es nicht für immer aus, ihm das zu verschweigen, was ihn oft unerträglich macht.

Nachdem ich eine Zeit lang noch einmal alles überprüfte, was ich über und von Sirte erfahren habe, fasste ich es in einem Bericht zusammen, den ich einem Facharzt vorlegte. Dessen Urteil: Keine Heiligsprechung. Es handelt sich lediglich um eine *Anorexia mentalis et nervosa*.

Ich beschloss, Herrn Zürn wichtiger zu nehmen als den Facharzt.

4

Sirte lief vom Spülen mittags, als sie eingeteilt war, weg und spielte wild Gitarre, weil Karla ihr beim Essen gesagt hatte, es werde ein Jugendzentrum eingerichtet, dann müssten sie nicht mehr ins blöde Walker, wo eine Cola 2 Mark koste.

Sirte: Das ist ab 16, glaubst du, da geht irgendeiner hin, wenn da 14-Jährige herumhocken?

Karla: Möchtest du irgendwohin, wo Neunjährige oder Zehnjährige rumhocken? Bevor du 16 bist, kannst du abends überhaupt nicht fort, das ist polizeilich unmöglich, da fliegst du raus, wie du aus dem Walker rausgeflogen bist! Mensch, du blickst da offenbar noch nicht durch, wenn dir der Ober sagt, du kannst nur bis neun bleiben, das heißt, wenn getanzt wird, musst du raus. Wenn das nicht rauswerfen ist! Und genau das wird dir im neuen Jugendzentrum auch passieren.

Sirte, kläglich, wütend: Schönes Jugendzentrum!

Karla: Wenn du nicht 16 bist! Und das bist du nicht! Du bist 13.

Sirte: 14!

Karla: 13! 14 bist du im April. Aber eben 14, nicht 16!

Ab rauschte Sirte, haute die Türe zu, rannte rauf, noch einmal Türe zu, Gitarre, Gitarre, Gitarre! «Ils ont changé ma chanson»! «Let it bleed»! «Let it be»!

Die Mutter drückte Karla die Hand und sagte: Ganz gut, Karla, aber du hättest noch sagen oder Bezug nehmen müssen auf die zwei Jungen, die sich vor einem halben Jahr für Sirte interessiert haben, diese zwei 15-Jährigen, verstehst du, dass sie weiß, sie hat außerhalb der Familie keine Hilfe zu erwarten in den nächsten zwei Jahren. Siehst du, so kannst du uns helfen. Papa und ich konnten uns wirklich entspannen und das Quark-Dessert essen. So, aber jetzt rauf zu ihr, die Gitarre wegnehmen, sie hat ja Mittagsdienst in der Küche, und dass man feste Verpflichtungen hat, dass man sich an Abmachungen halten muss, das ist wohl das Wichtigste, woran ein Mensch gewöhnt werden muss. Wer geht?

Herr Zürn sagte: Gern. Und stapfte hinauf.

Noch zu erforschen: Was Sirte alles nacheinander las und wie sie dabei einging.

Herr Zürn konnte sie nicht schützen, weil er selber ungeschützt ist.

Seine Arbeit: Heißgasmotoren für die Steuerungstechnik, Verbesserung der Sidewinder-Rakete. Er sagt, er hatte Hemmungen, in die Rüstung zu gehen, aber diese Hemmungen seien nicht so groß gewesen, dass er nicht doch dort anfangen konnte.

Vielleicht hat Sirte das mit der Rüstung erfahren.

Eine Rolle spielt das Werbefernsehen. Der Körpergeruch. Sirte glaubt, sie rieche nicht gut. Wenn sie etwas Neues hat, was sie nicht zurückweisen kann, weil sie zugeben muss, dass sie das braucht, dann leiht sie es der Freundin, die viel größer ist.

Karla wollte Guinevere heißen oder Zeralda. Von Sirte angesteckt, die ja durchgesetzt hatte, dass man sie Sirte nennt und nicht Gerlinde, wie sie getauft wurde.

Sirte isst nur mit dem Löffel. Frau Zürn steigert sich in verzweifelte Weinkrämpfe, weil sie am Frühstückstisch sitzt, unansprechbar, alles in sich hineinstopft, dann hinausrennt zum Rad. Den Löffel benutzt sie, weil mehr draufgeht, sagt sie.

Mit dem Rad rast Sirte in die Schule, einen schweren Bergsteigerrucksack auf dem Rücken, gefüllt mit Büchern, immer zu viel, immer mehr, als sie braucht.

Als sie den Fahrradschlüssel verliert, kann der Vater das Schloss nicht entfernen, weil er so unpraktisch veranlagt ist. Immer die Unfälle, sobald er etwas in die Hand nimmt.

5

Herr Zürn sagte: Bitte, Sirte, sag es noch einmal. Er wandte sich ab und sagte zur Frau: Ich verstehe sie nicht, sie spricht einfach zu leise.

Die Frau sagte: Was ist, Sirte?

Sirte: Die Tür zu meinem Zimmer ist noch offen.

Sie kam immer wieder herunter und fragte, ob sie das Licht im Gang ausmachen dürfe.

Warum?

Weil es in ihr Zimmer scheine.

Mach doch die Tür zu.

Hat sie.

Also wie?

Untendurch, durch den Spalt zwischen Tür und Schwelle.

Herr Zürn ging hinauf. Ein rasiermesserfeines, ein haarbreites Lichtstrichchen. Er legte sich auf ihr Bett. Man sah von dem Strich etwa ein Fünftel, also 20 Zentimeter. Man musste schon hinschauen, um ihn überhaupt zu sehen.

Macht es euch etwas aus, wenn das Licht im Gang gelöscht wird?

Nein.

Also, dann macht es doch aus.

Herr Zürn: Ich sage nur, es ist gefährlich, eine solche Empfindlichkeit zu züchten. Du kannst nirgends in der Welt sein, ohne dass Licht in das Zimmer fällt. Du kannst nicht auf die Straße rennen und schreien: Macht die Lichter aus, macht in der ganzen Welt die Lichter aus, sonst kann Sirte Zürn nicht schlafen. Du bleibst dann erbittert liegen und musst die paar Lichtflecke an deinen Zimmerwänden anstarren und kannst nicht schlafen. Eine Nacht um die andere. Bis du zusammenbrichst. Verstehst du? Und das habe ich zu verhindern. Deshalb muss ich darauf bestehen, dass das Licht im Gang anbleibt und du dich nicht auf dieses Lichthaar konzentrierst.

Aber wenn ihr ins Bett geht, macht ihr es aus?

Ja, natürlich. Wir lassen ja nicht die ganze Nacht das Licht brennen.

Gut. Danke.

Aber er ging aufstöhnend, Sirte stumm.

Herr Zürn vergewaltigt des Öfteren seine Frau am Vormittag. Sie versucht, dem scherzhaft zu entgehen, dann taktisch, dann sportlich, dann die Angst, mit allen Kräften. Dann lässt sie es geschehen.

Hat Sirte das mitgekriegt?

Herr Zürn: Ein Mann, der bei der Arbeit pfeift, ist sexuell erregt, er will mit dir schlafen.

Frau Zürn: Du spinnst.

Als Untermieter erlebt man wunderbare Dinge. Am schönsten ist, dass man etwas erlebt, was man nicht zu verantworten hat.

Mir tut sich auf Prediger 9,11:

> Ich sah, wie es unter der Sonne zugeht, dass zum Laufen nicht hilft, schnell zu sein, zum Streiten hilft nicht, stark sein, zur Nahrung hilft nicht, geschickt sein, zum Reichtum hilft nicht, klug sein; dass einer angenehm sei, dazu hilft nicht, dass er ein Ding wohl kann, sondern alles liegt an Zeit und Glück.

6

Ich bin mehr als erstaunt. Ist das noch Sirte? Oder wer ist jetzt Sirte?

Sie hat *Die Brüder Karamasow* gelesen. Dass das möglich war, demonstriert, dass sie eine Entwicklung durchgemacht haben muss, an der niemand teilgenommen hat. Auf jeden Fall haben wir es jetzt mit einer Sirte zu tun, die mich aus dem Staunen nicht mehr herauskommen lässt.

Sie schreibt jetzt mehr, als sie spricht. Ich bin nur noch der Lieferant ihrer Aufzeichnungen, die sie mir übergibt mit einem Lächeln, das ich nicht deuten will. Aber deutlich genug war bei dieser Übergabe, dass ich das lesen soll. Es war für mich geschrieben. An mich adressiert.

Wünsche, nicht zu sein.
Ich blühe vor Schmerz.
Gestürzte Bäume sehen aus wie erlöst.
Vom Kinn bis zur Brust bin ich entzündet.

Der Zahnarzt in Meersburg: Das komme alles von einem falsch behandelten Schneidezahn.

Karla spricht zu mir wie noch nie. Sie hat jetzt einen Freund. Der habe sie geschlagen, geohrfeigt.

Ich kann nicht mehr singen. Ich bin zum Stummsein verurteilt.

Aber ich habe mich schön gemacht. Es fällt mir auf, dass ich jetzt schön bin. Und schon frage ich mich, ob das erlaubt sei, sich so schön zu machen. Und ich sage: Ja, es ist erlaubt, sich so schön zu machen. Kunst ist dazu da, alles schöner zu machen, als es ist. Wozu sonst Kunst? Soll, wer mich anschaut, sagen: Sie hat sich angemalt, um zu verbergen, was sie mitgemacht hat. Dem Bild, das ich jetzt bin, sieht man nicht mehr an, was ich mitgemacht habe, als ich mich so schön malen musste. Das können sich die, die mich anschauen, doch selber denken.

Sie, die mich anschauen, können sich kein Urteil erlauben über mich. Meine Augen, mein Mund – darauf kam es mir an. So schön. Und so verschwiegen. Geben Sie zu: Wer sich so ins Schöne verschließt, der hat etwas mitgemacht. Die zeitgenössische Kränkung, die habe ich als Schönheitsschild gemalt. Die übliche zeitgenössische Kränkung. Die Anmaßung derer, die das Sagen haben.

Ich hatte nur das Malen. Ich habe mich so schön gemalt, dass keiner mehr mir zu nahe kommen kann. Allerdings, durch diese Abstandsgewinnung gestehe ich alles, was ich doch eben durch diese Abstandsgewinnung verbergen will. Aber anders als der größte mögliche Widerspruch zu sich selbst ist Kunst nicht denkbar.

Wenn Sie mir noch gestatten, meinem Selbstbildnis einen Titel zu geben, schlage ich vor: Die schöne Verschwiegene. Oder habe ich dadurch eben das zugegeben, was ich doch verschweigen will? Ich wollte nämlich verhindern, dass Sie sich über mich ein Urteil erlauben. Dass Sie glauben, jetzt kennten Sie mich. Allerdings wollte ich die, die Sie nicht kennenlernen sollten, schön malen. Das habe ich getan, das ist mir gelungen. Auch wenn es, weil ich es so betone, klingt, als wüsste ich es doch nicht so sicher. Wenn Ihnen mein Bild noch mehr oder etwas ganz anderes sagt, soll es mir recht sein. Und Ihnen auch.

Es grüßt Sie
die Künstlerin

PS Zur Vermeidung eines banalen Missverständnisses: Ich habe mich nicht schöner gemacht, als ich bin. Ich habe mich schöner gemacht, als man sein kann.

Ich glaube nicht, dass Sirte erwartet, dass ich auf ihren Brief antworte. Ich weiß es nicht. Auf jeden Fall kann ich ihr nicht gleich antworten.

7

Sirte wurde von dem Dackel eines Malers gebissen. Der Arzt verlangte, den Maler zu finden, weil hier überall Tollwut herrschte. Die Polizei war ratlos. Im Laden erfuhr man von einem Mann mit Dackel. Der sagte, sein Dackel sei gegen Tollwut geimpft, weil sie immer ins Ausland führen. Ihm sei das sehr peinlich, weil sein Vater, wie Euripides, an einem Hundebiss gestorben sei. Der Tierarzt sagte, sie hätten neun Tage Zeit, den Besitzer zu finden. So lange könne man noch impfen gegen Tollwut. Man impfe aber nicht, wenn es nicht unbedingt notwendig sei, weil die Impfung schwierig sei. So müsse man zum Beispiel Cortison dazuimpfen, um gegen Schädigungen sicher zu sein. Der entdeckte Dackel war dann im Juli 70 zum letzten Mal geimpft worden. Der Schutz ging drei Jahre. Also noch einmal davongekommen.

Sirte spart. Nicht aus religiösen Gründen, sondern weil der Vater immer übers Geld jammert.

Als Herr Zürn beschmutzt heimkam und keine Auskunft geben konnte, ließ seine Frau ihn beobachten und erfuhr, dass er das selber tat. An der Art des Drecks erkannte sie, wo er sich immer beschmutzte. Sie sagt das mir, weil sie Angst hat, ihr Mann könnte wieder von etwas beherrscht sein. Wie schon einmal. Sie hat dieses Sichselberbeschmutzen damals nicht verstanden. Es sei das Furchtbarste, was sie in ihrem Leben erlebt habe, wie er sich die Kuhfladen ins Gesicht schmierte. Und was das heißt, bei seinen krankhaft hygienischen Empfindlichkeiten! In Schreikrämpfe verfällt er, wenn eine Frucht ein sumpfiges Pünktchen hat. Und die Kinder? Sirte heulte leise und hoch mit. Karla versteinerte. Ihre Augen wurden ein wenig enger.

Nachdem Herr Zürn mir die Fotos geschenkt hat, ist er schon wieder betrunken und sagt: Wenn von uns nichts bleibt als ein paar pornographische Fotos, das genügt. Er hat Angst, dass Sirte eines gesehen haben könnte.

Im nächsten Rausch will er, dass ich mit seiner Frau schlafe. Er will sie beleidigen und weiß nicht, wie. Auf eine schöne Art nämlich.

Frau Zürn zu mir: Furchtbar, wie er sich wieder in ein Baby verwandelt. Der Ein-Zentner-neunzig-Mann, auf dem Rücken liegend, mit den Beinen strampelnd und lallend. Des Öfteren am Morgen, wenn er aufstehen soll, nimmt er den Daumen. Und das hat Sirte gesehen. Sie konnte schon bis hundert zählen, dann nicht mehr. Sie konnte schon Gesichter malen, dann nicht mehr. Sie wurde wieder Bettnässerin, sie nahm wieder den Schnuller, verbarg ihn anfangs hinter der gewölbten Hand, wenn jemand dazukam. Dann nicht mehr. Ganz offen zeigte sie sich. Es war, als gebe sie sich einem Laster hin. Sie fing wieder zu kriechen an.

Von den Kindern des armen Vaters Zürn war Karla das wildeste. Wenn sie vor Zorn schrie, gab es Risse in den Wänden.

Sirte mit der Spielschatulle unterm Arm. Herr Zürn spielte mit ihr, machte sie auf Fehler aufmerksam. Beim Halma übersah sie die einfachsten Chancen, sie konnte überhaupt nicht spielen, aber sie war ganz versessen darauf zu gewinnen.

Herr Zürn (wenn Karla hinten mit ihrem Freund vögelt): Ich weiß ja, dass das sein muss. Ich bin überhaupt kein Voyeur. Ja, mit fünf, da habe ich gern zugeschaut, na, gern nicht, es hat mich schier zerrissen beim Zuschauen. Ich weiß wirklich nicht, warum, aber es war nicht anders, als hätte ich bei einem Eisenbahnunglück zuschauen müssen.

Er verlangt von Karla, dass sie sich die Hände wäscht, wenn sie von der Liebe zurückkommt.

Sirte sah lange der Begattung zweier grauer Schnecken auf der Treppe zu. Die Schleimspur. Der Strang Liebe zwischen zwei harten Gehäusen.

Der Vater brüllt plötzlich: Licht aus, macht das Licht aus!

Warum?

Ich zahl das nicht länger, ich kann nicht mehr.

8

Es ist halb sechs, und Sirte ist wieder einmal nicht da.

Frau Zürn: Heut kommt sie wirklich lang nicht. Bei ihr glaubt man einfach nicht, dass man sie noch einmal sieht. Entweder schafft sie es nicht, denkt man, oder sie will es nicht mehr schaffen.

Sirte beobachtet es, wenn der Metzger Glocker nachmittags um drei abfährt mit leerem Anhänger und Strick. Er wird Kälber holen. Sie liegt auf der Lauer. Sieht ihn fahren, sieht ihn kommen, sieht die zwei Kälber in der Metzgerei verschwinden. Dann geht sie heim und hält sich die Ohren zu und ekelt sich beim Essen, niemand begreift ihre Appetitlosigkeit. Und während die Kälber in das Schlachthaus geführt werden, spielt Glockers zarter Sohn hinter den Vorhängen Chopin-Préludes. Er geht aufs Gymnasium und soll kein Metzger werden.

Die Schulkinder kommen an der Küferei vorbei, hören Geschrei, gehen hin, aus dem Ofen kommt es, machen die Klappe auf, finden auf dem Rost, in der Asche liegend, das Gesicht nach unten, ein nacktes blutiges Kind, holen den Küfer, der holt seine Frau, die Kinder schickt er zum Gendarm. Anzeige. Alle Frauen des Dorfes werden untersucht. Seine eigene Tochter war es. Von einem Gastarbeiter. Die Mutter wahrscheinlich mit im Bund. Die Tochter hat aber allein entbunden, hat die Nabelschnur durchgebissen, hat sich drei Stunden mit dem Kind beschäftigt, es geliebt für immer, dann, die Reden der Mutter im Ohr (was passieren wird, wenn sie mit so was kommt), trägt sie es hinunter, weil sie weiß, ihr Vater wird Hobelspäne in den Ofen werfen und anzünden, und damit wird es sich haben.

Wenn Sirte das mitgekriegt hat.

Sirte war nicht gewollt. Sie sollte auch abgetrieben werden. Aber das gelang nicht.

Sirte verteilte Todesurteile. Ihre Freundinnen wurden mit Exekutionen beauftragt.

Einmal fiel sie von der Schaukel, hatte danach tagelanges Erbrechen. Sie war erstaunt, als man sie aufhob, sie wollte nicht aufgehoben werden. Als man sie anfasste, wehrte sie sich, schrie. Als sie getragen wurde, machte sie sich frei. Dann ging sie noch einmal an die Schaukel zurück, stand davor und sagte nichts.

Nicht zu vergessen, ihre Zerstörungswut. Mit Hingebung zerstörte sie, bis man bei ihr war und ihr die Hände festhielt. Dann war sie ruhig, gelöst, freundlich, atmete wieder.

Sirte wollte gern fliegen, das war ihre größte Sehnsucht. Man ließ ihr Schlafzimmerfenster vergittern, weil sie trotz aller Belehrung und Ermahnung wiederholt auf der Fensterbank stehend angetroffen wurde. Als die Gitter angebracht waren, heulte sie und wollte nicht mehr in diesem Zimmer schlafen.

Sie kann auch nicht in einem Zimmer schlafen, in dem sie nicht von ihrem Raben besucht werden kann. Wenn Chlodrian nicht jeden Morgen auf ihrem Fensterbrett landet und sie durch ein zartes Picken weckt, kann sie nicht leben. Das Gitter wird entfernt, und schon flattert Chlodrian aufs Fensterbrett, und Sirte reißt das Fenster auf, dass Chlodrian ins Zimmer kommt, dass sie ihn streicheln, dass er sich an sie schmiegen kann. Sie hat für ihn das Körnerfrühstück vorbereitet, und sobald Chlodrian gefrühstückt hat, beginnt der Unterricht, an dem beide gleichermaßen interessiert sind. Chlodrian soll sprechen lernen. Und tut das mit Leidenschaft. Wenn Sirte nicht in die Schule müsste, ginge der Unterricht den ganzen Tag. Aber Chlodrian muss wieder hinaus in die Bäume, wo es zusammen mit dem Rabenbruder gilt, die Eiche gegen ein Elsternpaar zu verteidigen, das auf Wohnungssuche ist.

Sirte will Karla, die gelauscht und nichts verstanden hat, wenigstens andeuten, dass Chlodrian ihr wichtiger ist als jeder Mensch.

Karla: Dann lass dir Flügel wachsen!

Sirte stahl, ohne dass sie das, was sie stahl, gebraucht oder verbraucht hätte. Sie lagerte alles in ihren Verstecken, als lagerte sie es für einen bestimmten Zweck.

Aber es fand sich alles wieder, was man je vermisste. Es fanden sich sogar Dinge, die nicht aus dem Haus stammten, Dinge, die aus Nachbarhäusern stammten. Sogar Dinge, die nicht aus Nachbarhäusern stammen konnten. Dinge, zu deren bloßer Benennung man Experten zuziehen musste, und auch dann hatte nicht jedes Ding einen Namen.

Ich glaube inzwischen, Frau Zürn ernährt heimlich die Familie. Der Mann tut, als bemerke er es nicht.

Sirte fragte immer wieder: Was sind Soldaten? Man erklärte es, und eine Stunde später fragte sie wieder: Was sind Soldaten? Sie begriff es nicht.

Sie aß Ameisen.

9

Heute Integralrechnung. Morgen Deutsch. Dann hat Sirte Abitur. Sie hat das Verhältnis Fausts und Galileis zur Wissenschaft als Thema gewählt – nicht Werbung, nicht Begriffsdefinitionen, nicht Thomas Mann und Döblin als Großstadtbeschreibung.

Sie ist guter Dinge. Hatte aber nur Knäckebrot und schwarzen Kaffee gefrühstückt. Deshalb war sie weniger konzentriert als sonst, sagt sie.

Sirte hat die Anzeige einer Firma gesehen, Theis & Co. Dort wird jemand für eine Kartei gesucht. Keine Kenntnisse werden verlangt. Und das in Stuttgart. Je mehr wir ihr vorhalten, wie langweilig und unzumutbar diese Arbeit sei, desto mehr besteht sie darauf, dort hinzugehen. Dann bringt sie ein Buch – Berufe im öffentlichen Dienst. Da hat sie herausgesucht: Verwaltungsangestellte im Justizdienst. Vor allem weil da steht, dass man als Protokollantin beschäftigt wird. Hauptschulabschluss genüge.

Vater Zürn schlägt vor: Rechtspflegerin, wozu mindestens mittlere Reife nötig ist und zwei Jahre Praktikum plus drei Jahre Verwaltungshochschule in Berlin.

Sie sagt, sie will keine Verantwortung, deshalb Protokollantin. Sie will etwas, wo man zuschaut. Steuergehilfin käme auch in Frage, weil sie gern mit Zahlen umgehe. Nur wenn Referenzen verlangt werden, zuckt sie zurück. Erinnert man sie an ihre Mathe-Erfahrungen, sagt sie: Wenn sie's kann, macht sie's gern. Wenn sie eine Gleichung kann, macht ihr das Lösen der Gleichung Spaß.

Sirte verzichtet so, dass man es nicht merken soll. Will kein Geld mehr. Sie lebt, als sei Zürn längst ruiniert.

Sirte zeichnete.

Karla kräuselte die linke Hälfte ihrer Oberlippe und zog ein wenig die rechte Augenbraue in die Höhe, aber gleichzeitig.

Karla: Was soll jetzt das wieder sein?

Sirte: Ein Pferd.

Karla: Der Bauch schwarz und der Rücken weiß?

Sirte: Ja.

Karla: Dann ist eben der Bauch dreckig.

Sirte: Nein.

Karla: Dann mach doch den Bauch weiß.

Sirte: Nein.

Karla: Dann ist er eben dreckig.

Sirte: Nein.

Karla: Wenn du den Rücken weiß machst und den Bauch so schwarz, dann meint man, der Bauch sei dreckig.

Sirte (verzweifelt): Es ist doch ein Hengst.

Karla lachte und erzählte den anderen die unzureichende Erklärung, die sie selber in Sirte produziert hatte.

Sirte hatte eine Warze, Herr Zürn hatte Krampfadern. Beide hatten eine Zeit lang nichts als ihren Makel, bis sie diesen Makel verklärten und eine Liebe ausbrach zu diesem Makel.

Herr Zürn verlangte nicht, dass die Mädchen glauben, was sie zu ihm sagen. Er brachte ihnen Sätze und Griffe und Stellungen bei, die sie nur nachmachen mussten. Auf ihn hatte das eine beschwichtigende Wirkung – egal, ob sie das gern taten, sozusagen von sich aus, oder nicht.

Wie grell Kinder werden, wenn sie etwas mit schlechtem Gewissen tun. Sie brüllen geradezu: Schaut her, Erwachsene, wir sind im Begriff, etwas Verbotenes zu tun.

Sirtes Fahrrad wurde gestohlen, sie hatte es, erfährt man jetzt, nie abgeschlossen.

Heruntergerufen, kam sie mit so glänzenden Augen, dass man sich gar nicht hinzuschauen traute.

10

Wenn man mit Sirte hinaufging, wenn sie ins Bett musste, wenn sie so herzlich lieb war, dann dachte man: Wenn so ein liebes Kind nicht leben würde, müsste es auch nicht sterben.

Beim Abendgebet: Im Himmel muss man nicht essen. Im Himmel muss man nicht aufs Klo. Großer Gott, jetzt lobe mich, dass es mir im nächsten Jahr nicht mehr so langweilig ist.

Sirte: Ein Panzerauto wäre am besten für den Krieg. Man muss jeden Abend beten oder ein Panzerauto haben. Im Himmel wacht man auf, in der Hölle nicht.

Wenn sie schlechte Noten meldete, zog Herr Zürn sie an sich, drückte sie fest und küsste sie immer wieder. Und wenn er sie losließ, sah sie in seinen Augen Tränen. Das erschütterte sie mehr, als wenn er sie geschimpft hätte.

Sirte: Ich möchte 's Kind sein von mir, dann tät ich sagen: So, Sirte, jetzt kriegst du zwei Hasen.

Herr Zürn, der Dichter: Er weiß nicht, ob er ein guter oder ein schlechter Dichter ist, aber dass er ein Dichter ist, weiß er sicher.

Er würde gern veröffentlichen, aber er hat Angst. Wenn sie ihm dann sagten, er sei ein schlechter Dichter, dann wäre er unglücklich. Deshalb zeigt er keinem etwas, behält es für sich. Das erzeugt eine Art Enge, aber man kann leben damit.

Sirte: Etwas Schönes schreiben, um etwas Schönes geschrieben zu haben, das würde reichen. Statt singen.

Die Lust des Züchtigers wurde geweckt durch Spuren von Gegenwehr der Geschlagenen. Sie wehrte sich zwar nicht, suchte bloß Schutz hinter ihren Händen, das empfand der Wütende aber als Gegenwehr und fühlte jetzt einen Gegner vor sich, die Züchtigung wurde ein Kampf.

Später hat sie sich von Anfang an nicht mehr gewehrt. Das machte die Züchtigung schwerer, aber nicht unmöglich.

Nachts schämte er sich. Tröstete sich, eine schwere Pflicht erfüllt zu haben. Er verglich auch seinen Tageslauf und überlegte, dass er sich selber strafen musste, da sich niemand fand, der ihn schlüge.

Ich will mit meinen Nachforschungen über die kleine Zürn auch meine Urteile über die städtische Gesellschaft beweisen. Je länger ich nachforschte, desto deutlicher sah ich, dass die gesellschaftskritische Annäherung keine genügende Erklärung gab. Ich stieß auf absolute Zusammenhänge.

Wenn man etwas erzählte, schloss sie die Augen und spreizte die Finger. Man konnte sie umschimpfen, sie wurde kleiner, ohne dass sie sich duckte.

11

Wie Sirte weinte: Es steigerte sich nicht, gab nicht nach, man ging hin, sie weinte weiter. Erst wenn man dicht bei ihr war, hörte sie auf, ungern, schien es.

Der Arzt musste natürlich etwas finden, da er schon zur Untersuchung gerufen wurde. Im Winter Ohrenweh, zur Zeit der ersten Kirschen Bauchweh. Sie nahm die Medizin, ließ sich die Umschläge machen.

Irgendwann einmal plötzlich wieder das Weinen. Nachbarn regten sich auf über dieses Weinen. Sie sagten, dieses Weinen mache sie nervös.

Ihr Vater: Wenn du fallen würdest, solltest du so fallen, dass du, wenn du liegst, nicht mehr Platz brauchst als stehend.

Herr Zürn musste einen Krach entstehen lassen und durchhalten. Das erschütterte Frau Zürn so, dass sie es danach nicht ohne Geschlechtsverkehr aushielt. Was für ihn der Alkohol, war für sie der Krach.

Und wie er seiner Frau zusieht, wenn sie etwas machen muss, was sie nicht gern macht, weil sie glaubt, sie könne das nicht. Leute einladen zum Beispiel.

Kann ich da einfach anrufen? Was mach ich denn da.

Was du willst, mach, was du willst.

Er weiß, dass er sie dadurch in eine Art Verzweiflung hineintreibt. Wenn sie alles machen kann, weiß sie nicht, was sie machen soll. Sie würde gern im Gespräch mit ihm Möglichkeiten einschränken. Diesem Gespräch entzieht er sich. Er mag sie leiden sehen.

Sirte: Andere sind größer als sie und doch leichter. Sie nennt Größe und Gewicht von mehreren. Sie ist niedergeschlagen. Sie will nicht mehr essen. Dann abends doch wieder plötzlich die Süßigkeitengier.

Je mehr ihr Hintern sich auswuchs, je mehr er in die Breite und Tiefe strebte, desto länger wurde ihr Hals, desto höher trug sie ihren Kopf, der dadurch fast ein Köpfchen wurde. Es sah schon aus, als wolle dieses Köpfchen da droben nichts zu tun haben mit dem immer hinabziehenden, schwerer werdenden Körper. Erheben wollte sich dieses Köpfchen über diese unflätige Körperlichkeit da drunten.

Sirte hat beim Singen mit den Übungen zum Vibrato angefangen. Der Lehrer wunderte sich, dass sie das noch nicht konnte.

Mit der Mutter bei Merk. Der setzt die Kupferrute an, die schlägt aus, er schimpft.

Also Frau Zürn, von Ihnen hätt i des zleschd denkt. M'a Kind solche Mittel gäbä. M'a Kind gibt m'a doch koine solche Mittel. Abr so isch, wenn die Dekter it me helfa könne, dann isch dr Merk reacht.

Es ist Samstagnachmittag, schon fast zwei Uhr, er hat noch nicht gegessen. Frau Zürn hatte vorgeschlagen, dass sie nicht mehr drankommen sollten, bei ihm geht es ja schon seit sieben Uhr morgens so, aber er wollte sie doch drannehmen.

Sirte hat eine geschwollene Leber, das sieht man an ihrer Haut. Dreimal Rosmarintee pro Tag. Nur Rosmarin und keine Mittel mehr. Dann am Dienstag wiederkommen.

Als Frau Zürn Sirte mit einem Apfel sieht, sagt sie, dass Merk alles Ungekochte verbiete.

Und Sirte: Moinsch, i will Skorbut. Sie ist davon überzeugt, dass sie, wenn sie eine Woche kein Obst isst, Skorbut kriegt.

Frau Zürn: Du redest daher wie ein Matrose des achtzehnten Jahrhunderts.

12

TV: Was würden Sie Mädchen mit dicken Knien und kurzen Schenkeln raten?

To stay at home.

Beim Singen weiß Sirte nicht, ob sie weiterkommt. Ihr Lehrer sagt, ihr Vibrato sei immer noch schlecht.

Ihre Stimmübungen blitzen im Haus auf und ab. Sie grenzt manchmal an einen Vogel.

Sirte singt jetzt fast ununterbrochen in ihrem Zimmer. Es klingt von ganz fern her: immateriell.

Familie Zürn: Wenn eine die Beste wäre, würde sie nicht in Trance verfallen und murmeln: Ich bin die Beste.

Sirte würde zu ihrer Freundin sagen: Ich bin auch nicht besser als du.

Herr Zürn wird zum Voyeur. Ein Exhibitionist, dem nichts übrig bleibt, als als Voyeur vorliebzunehmen. Ein mutloser Exhibitionist.

Sirte wollte über ihre Vogelliebe sprechen.

Frau Zürn: Da wird's mir schlecht. Bloß weil du nicht mit anderen Kindern spielen willst, müssen wir uns dieses Vogelzeug anhören. Mach doch einen Vogel aus Pappmaché.

Sirte: Wie?

Frau Zürn wusste es auch nicht.

Sirte: Was sind Synkopen?

Sirte war immer froh, wenn sie etwas nicht getan hat, wenn ein Anruf nicht gelang. Alles, was ihr gelingt, ist zu ihrem Nachteil Glaubt sie.

Sie kann nichts für sich behalten. Sie denkt etwas, und schon sagt sie es. Dass sie es nicht ruft, ist ein Wunder.

Traum: Die ganze Familie fällt rückwärts vom Schiff ins Wasser. Nur Frau Zürn kommt zurück und sagt, Sirte wolle drunten bleiben, ganz am Grund, das sei doch eine gute Gelegenheit, keiner werde denken, dass sie absichtlich sterbe, weil sie doch ihre Tasche voll schöner Dinge dabeihabe. Sie imitiert die geziert klingende Sprechweise Sirtes. Es ist grotesk, dass sie die auch in dieser tödlichen Situation beibehalten haben soll.

Sirte und *Die Brüder Karamasow*. Sie sagt, Aljoscha-Figuren, mit denen man sich so identifizieren könne, gebe es wohl heute nicht mehr.

Herr Zürn wird von einem Bekannten gefragt, ob Sirte hübsch sei.

Er sagt: Das kommt mir vor wie eine Sklavenmarktfrage.

Sirte hat von ihrem Ersparten fünfzig Euro für die Dritte Welt gespendet an Weihnachten. Nur sie ist auf diese Idee gekommen.

13

Von Sirte schon wieder ein Brief. Ich lese ihn und atme dabei, als stiege ich bergauf.

> Lieber Anton,
>
> je weniger Sie von mir verlangen, desto weniger lebe ich. Ich träume davon, alles für Sie tun zu dürfen. Ich habe keinen und keine und bin doch nicht allein. Ich leiste mir Gesellschaft. Ich weiß, dass ich mir deutlicher wäre, wenn ich jemandem zuliebe etwas tun könnte. Wer bin ich, dass ich nicht jemandem zuliebe etwas tun kann? Je mehr Sie von mir verlangen, desto glücklicher machen Sie mich.
>
> Um Sie nicht in Verlegenheit zu bringen, sage ich halt: Meine Sehnsucht ist ein Steckenpferd. Genauer gesagt: ein Unding.
>
> Ich widerrufe, was ich jetzt fabuliert habe. Dass sich ein wenig in mir regt, was Seele heißen mag, das ist doch nur, was sich wehrt gegen die endgültige Schwere. Springende Wesen, rein Gemachtes mit Wörtern für das, was es nicht gibt.

Ist das noch Sirte? Wer ist dann Sirte? Ich muss, was da steht, mehr als ein Mal lesen. Ich will Sirte nicht verlieren. Ich muss ihren Stimmungen folgen. Dass sie das an mich adressiert hat, heißt doch, dass ich antworten muss.

14

Sirte war bei mir. Sie hat einen Arzt aufgesucht, Doktor Naumann.

Sie kam einfach. Klopfte an und trat ein. Ruhiger, als ich sie je erlebt hatte. Sie sagte nicht, warum sie beim Arzt gewesen ist. Aber sie musste loswerden, was dieser Arzt gesagt hat. Und das war ihr Bericht:

> Doktor Naumann sagt, viel früher schon hätte ich ärztlichen Rat gebraucht. Er gratulierte mir dazu, dass ich jetzt doch gekommen sei, obwohl ich mich nicht krank fühle. Das sei das Typische und auch das Gefährliche an meiner Krankheit, dass ich mich so gut eingerichtet hätte im System meiner Krankheit, dass ich nicht mehr merke, wie krank ich sei. Eine seriöse Charakterstörung, die man zu den schizophrenen Psychosen rechnen darf.

Obwohl sie bis dahin ohne jede Spur von Erregung berichtet hatte, fing sie jetzt plötzlich an zu weinen. Hörte aber genauso plötzlich damit auf und sagte, sie habe sich doch neulich gefragt, welches Buch sie ihr Wunschbuch nennen würde. Das sei *Woy-*

zeck. Und stand auf und ging. Und drehte sich noch einmal um und sagte: Noveril retard. Sie nehme es nicht. Und sagte noch: Für sich ist etwas und angerichtet, nicht fremd, aber uneigen und selbst. Man muss das begreifen, dann hat man's. Nur, brauchbar ist es nicht. Du kannst es nicht rufen. Es ist nicht es. Aber eine Tätigkeit, in der du dich kennst. Entschuldigen Sie, ich hüpfe hoch, weil mir der Boden fehlt.

Und war draußen.

Und ich merkte, dass ich Sirte immer noch nicht kenne.

15

Sirte überraschte mich mit der Mitteilung, im Neuen Testament komme das Wort «Reich Gottes» hundertzweiundzwanzigmal vor. Und fast immer sei es Jesus, der es sage. Und sie, sagte Sirte, spüre dann ein Ziehen bis in die Fingerspitzen und in die Beine hinab. Aber sie könne nicht sagen: Das Reich Gottes ist nah.

Sirte: Endgültiges muss man für sich behalten. Wenn etwas unabänderlich ist, musst du doch nicht reden darüber.

Mein Umgang mit ihr bringt jeden Tag Überraschungen. Plötzlich ist sie der Mund von Nikolaus von Flüe: Mein Herr und mein Gott, nimm mich mir und gib mich ganz zu eigen dir.

Und dann sagt sie plötzlich: Meine Sätze sind Seile über Abgründen. Beziehungsweise, sie sind auch Seiltänzer, die auf den Seilen über dem Abgrund ihre Kunst vorführen.

Weil Sirte und ich uns jeden Tag begegnen, fühle ich mich nicht nur bereit, sondern geradezu aufgefordert, über sie mitzuteilen, was ich durch sie und mit ihr erlebe.

Sie nimmt nur zustimmend teil an allem. Sie tut alles, um nicht aufzufallen. Wenn gelacht werden soll, lacht sie. Und jeder, der sie hat lachen sehen, sagt, dass man nicht schöner sein kann als Sirte Zürn, wenn sie lacht. Vielleicht, weil ihr Lachen nicht so tief aus dem Körper und aus der Seele kommt, sondern oben abgeschöpft wird. Ein schöner Schaum. Vielleicht, weil ihr Lachen überhaupt nichts heißt, sondern nur dazu dient, dass sie nicht als Nichtlachende unter lauter Lachenden auffällt.

Sie benimmt sich immer vollkommen leise. Das ist der Grundton ihres Wesens, dieses leise Benehmen.

Ihr Dasein wirkt wie ein Blatt, das an einem windstillen Tag vom Baum zum Boden schwebt. Ungeschützter als sie kann man nicht sein.

Plötzlich sagt sie: Die Wälder sehen aus, als wüssten sie, wem sie gehören.

Oder sie sagt: Alles, was ich glauben möchte, ist in der Wirklichkeit nicht unterzubringen.

Oder sie sagt: Weil es sinnlos ist, darf es sein.

16

Alarm, Alarm! Sirte ist wieder verschwunden. Frau Zürn ruft wieder nach der Polizei, Herr Zürn lacht. Er weiß zwar auch nicht, wohin sie verschwunden ist, aber er weiß und ruft es laut aus, dass sie wiederkommt.

Mir wird durch ihr Verschwinden bewusst, wie sehr ich ihr verfallen bin. Ich wehre mich gegen dieses Geständnis, aber in allem, was ich sage oder schreibe, muss dieses Geständnis leuchten. Ich kann es weder weglügen noch wegdenken: Ich bin ihr verfallen.

Herr Zürn sagt zu mir: Jetzt ist die Heiligsprechung nicht länger aufzuschieben. Fangen Sie an! Schreiben Sie an alle Gremien, die dafür in Frage kommen.

Und ich tue mich um und schreibe an alle in Frage kommenden Gremien. Und kassiere Unverständnis. Allerdings erfahre ich, dass vor der Heiligsprechung die Seligsprechung zu besorgen wäre. Ein besonders Freundlicher rät mir, im Frauenkloster nachzufragen, bei den Franziskanerinnen.

Die Franziskanerinnen wissen von keiner Sirte oder Gerlinde Zürn. Gerade haben die Novizinnen dieses Jahres ihr Gelübde abgelegt: Armut, Gehorsam, Ehelosigkeit. Eine namens Zürn sei nicht darunter gewesen.

Irgendein Instinkt befahl mir, selber zum Frauenkloster zu gehen. Das Kloster liegt schön am Fluss. Ich setzte mich auf eine Bank der Parkanlage und gab mich dem Nichtstun hin. Ich konnte mich jedoch nicht hindern, das Frauenkloster zu beobachten. Dass Schwestern mit Mädchenklassen vorbeikamen, interessierte mich am meisten. Sirte als Lehrerin. Das war vorstellbar. Davor aber als Novizin schwören, dass ... nein, das konnte ich mir bei ihr nicht vorstellen.

Als ich ins Haus Zürn zurückkam, wurde mir gemeldet, Sirte sei wieder da.

Ich bat sie zu mir. Ich fragte sie, ob sie im Frauenkloster gewesen sei.

Sie: Woher wissen Sie das?

Ich sagte, dass ich dort gewesen sei, weil ich es für möglich gehalten habe, sie dort anzutreffen.

Sie war sichtlich gerührt, betroffen. Ja, sie sei drauf und dran gewesen, dort um Aufnahme zu bitten. Aber das wäre zu früh gewesen. Es war der zweite Absprung-Versuch. Der dritte wird gelingen.

Sirte, rief ich und zog sie an mich. Sirte, Sirte, Sirte! Armut, ja. Ehelosigkeit, vielleicht. Aber Gehorsam, nein. Gehorsam liegt dir nicht. Aber dass dir die Franziskanerinnen gefallen, freut mich. Darf ich um ein Solo bitten.

Und sie nahm die Gitarre und spielte drauflos. Wir saßen in heftiger Harmonie einander gegenüber.

Dann sagte sie zum Fenster hinaus: Das ahnungslose Grün der Bäume.

Und: Jesus spricht immer als der Sohn. Der Sohn von Gott.

Und sie erhob sich vom Lotussitz. Erhob sich wunderbar leicht. Und ging.

Ich konnte mich nicht bewegen. Ich starrte auf die Tür, durch die sie verschwunden war. Das war eine andere Sirte. Wie sie mich angeschaut hatte. Ihre dunklen Augen. Und ihre kräftigen Brauen. Eine kragenlose Bluse. Ihr langer, ein wenig gebogener Hals. Und ein Kopf mit einer Haarpracht. Scheitellos. Auch keine Frisur. Einfach eine ihren Kopf formende Haarpracht. Hatte sie wirklich gelacht? Hatte ich sie je wahrgenommen? Dieser lange, schlanke, ein wenig gebogene Hals! Ich habe sie heute zum ersten Mal wahrgenommen als diese Sirte. Ich muss das aufschreiben: Sirte, eine Schönheit. Nichts Kindliches mehr. Und mehr als ein Mädchen. Eine Schönheit. Ich stand und buchstabierte immer wieder diesen langen, leicht gebogenen Hals. Diese dunklen Augen. Die anliegende Haarpracht.

Ich notierte: Sirte wie noch nie.

17

Sirte lädt ein, mich und die Familie. Aber ich soll eine halbe Stunde früher kommen. Um halb drei.

Chlodrian sitzt auf ihrem Knie.

Und sie! Eine feuerrote Bluse mit einem wogenden Kragen. Daraus geht ihr langer, leicht gebogener Hals hervor. Ihre dunklen Augen sehen mich an. Ich halte den Blick aus, aber ich muss sagen:

Sirte, toll! Wie Sie da sitzen! Sie werden jeden Tag noch schöner. Entschuldigen Sie das simple Kompliment. Ich habe einfach nicht damit gerechnet, dass Sie so, so schön sind. Und jetzt muss ich Sie sagen zu Ihnen.

Sirte: Bitte, bitte nicht!

Doch.

Jetzt setzen Sie sich endlich.

Sie habe mich vor den anderen hergebeten, weil sie Zeralda – die heiße ja jetzt so – im Verdacht habe, ihre Tagebücher zu lesen. Sobald sie das Zimmer verlasse, könne die an ihre Tagebücher. Das sei keine Einbildung. Zeralda sei unvorsichtig genug und mache Anspielungen, die nur möglich seien, weil sie die Tagebücher gelesen habe.

Sirte bittet mich, herauszubringen, ob sie sich täusche. Sie schlägt vor, dass ich Zeralda sage, ich wolle an einer Studie über Mädchen und Frauen arbeiten, die Tagebücher führten. Die Tagebücher von Mädchen und Frauen seien die verlässlichste Auskunft über die weibliche Existenz in dieser Zeit. Sie werde mir gern ein paar Zeilen aus ihren Tagebüchern vorlesen, dann würde ich sehen, warum sie nicht wolle, dass Zeralda das lese.

Hören Sie zu:

Die Pistole, die ich nicht habe, richte ich auf mein Spiegelbild.

Es weint über mich. Und sagt: Du verkaufst meine Tränen.

Oder:

Von den Sternen geerbt einen Staub.
Kenntnisse sind Wörter, sonst nichts.
So flunkert auch Unsterblichkeit.
Noch so ein Sprachgast heißt Gott.

Ich war beeindruckt und sagte das auch. Dass ich diese Tagebücher hüten dürfe, sei für mich eine Ehre.

Sie streichelte Chlodrian. Es war gleich drei Uhr. Herr und Frau Zürn traten ein. Meine Anwesenheit überraschte sie nicht, aber dass Chlodrian auf Sirtes Knie saß, das produzierte Kopfschütteln und Erstaunen.

Sirte: Wir wollen euch etwas bieten. Sobald ihr bequem sitzt, kann die Vorstellung beginnen.

Und als sei sie mit der ganzen Welt in Verbindung, fuhrwerkte jetzt ein Donner durch den hallenden Himmel, und ein Regenguss ging nieder auf jedes Blatt.

Sie sagte zum Fenster hin: Danke! Und zu Chlodrian: Jetzt bist du dran, mein Freund. Zeig, was du kannst.

Und Chlodrian, von dem wir wussten, dass er bei Sirte sprechen lernte, fing an zu singen! Und er sang fehlerfrei:

Großer Gott, wir loben Dich,
Herr, wir preisen Deine Stärke,
vor Dir neigt die Erde sich
und bewundert Deine Werke.
Wie Du warst vor aller Zeit,
so bleibst Du in Ewigkeit.

Frau Zürn war die Erste, die fähig war, ein Wort zu sagen: Jetzt, Karla, was sagst du jetzt?

Zeralda, hart: Heißt hier jemand Karla?

Frau Zürn: Entschuldige, Zeralda! Ich wollte fragen: Was sagst du jetzt?

Zeralda: Ab in den Zirkus, sage ich. Das ist 'ne Nummer für Circus Krone.

Und stand auf und verließ den Raum.

Sirte war mit ihrem Chlodrian beschäftigt. Sie streichelte ihn. Er schmiegte sich an sie. Dann öffnete sie das Fenster und sagte: Adieu, mein Schatz.

Chlodrian antwortete mit einer kreisenden Kopfbewegung und flog hinaus.

Herr Zürn: Kind, ich gratulier' dir! Da wird was draus.

Und zu mir: Kommen Sie noch bei mir vorbei.

Und ging.

Frau Zürn: Ja, Kind, ich gratulier' dir auch.

Und ging.

Also blieb nur noch ich zum Gratulieren.

Ja, Sirte, daraus kann was werden. Und, wie gesagt, die Tagebücher in meine Obhut.

Hat's Ihnen gefallen?, fragte sie.

Gefallen reicht nicht. Ich hätte am liebsten geheult. Chlodrian hat mich durch und durch bewegt, ergriffen. Adieu, Sirte!

Ihr Blick. Zum Abschied. Die dunklen Augen. Der Hals ...

Sirte, sagte ich, jetzt bin ich per Sie mit dir. Das war die Reifeprüfung!

Sirte: Bitte, bitte nicht!

Danke! Adieu! Ich blieb noch einmal stehen: Die Tagebücher zu mir! Adieu!

Dann ging ich, ging aber nicht in meine Räume, sondern zu Herrn Zürn.

Gut, dass Sie gleich kommen, sagte er. Sie haben einmal erwähnt, keine Heiligsprechung ohne Wunder. Das haben wir jetzt. Der Rabe, der «Großer Gott, wir loben Dich» singt. Wenn das kein Wunder ist! Und gemacht von Sirte. Sie müssen das sofort darstellen für die Kommission.

Ich sagte, dass ich sofort etwas verfassen wolle, was bei der Kommission eingereicht werden könnte.

Aber dann musste ich noch einmal hinauf zu ihr. Eigentlich wollte ich ihr sagen, dass ich nicht mehr ohne sie sein könne.

Zum Glück empfing sie mich, als habe sie auf mich gewartet.

Ich sagte gleich als Motto: Weil es sinnlos ist, darf es sein.

Sie stand auf, umarmte mich und fragte: Darf ich noch einmal aus den Tagebüchern lesen?

Ich bejahte stürmisch.

18

Wie sage ich das? Glaubt mir das jemand? Es ist unglaublich, weil es noch ein Wunder ist. Dass ich Zeuge eines anderen Wunders werde, habe ich nicht denken können. Das Wunder heißt (natürlich) SIRTE.

Ich kann es nur berichten. Mir jagen Hitze- und Kälteschauer den Rücken rauf und runter. Sirte, Sirte, Sirte!

Ich habe sie immer als ein einzigartiges Wesen erlebt. Aber ein Wunder, nein, nein, nein! Wie berichtet man glaubwürdig über ein Wunder? Über etwas, das man selber nicht begreift? Also zwing ich mich zur schlichtesten Tonart, also sag ich es einfach hin.

Sirte klopft an, tritt ein. Sie leuchtet. Sie umarmt mich und sagt mir leise ins Ohr:

Die Vertreibung ins Paradies.

Dann tritt sie zurück und streckt mir ihre linke Hand entgegen. Und an dieser Hand glänzt am kleinen Finger ein Ring. Ein goldenes Ringlein. Und, wieder an meinem Ohr, als dürfe, was sie sagt, niemand hören:

Jesus hat meine linke Hand genommen, hat mir an den kleinen Finger dieses goldene Ringlein gesteckt und hat gesagt: Komm. Und er führt mich ins Höchste. Wir sind nicht mehr im

Zimmer. Ich spüre, wie er meine Hand hält. Wie er mich führt. Sein KOMM hört nicht auf. Und dass er mich führt, hört nicht auf. Wir verlassen alles, was man verlassen kann. Und ich spüre, ich begreife, ich erlebe: Es ist die Vertreibung ins Paradies.

Sie hält mir ihre linke Hand hin wie zum Beweis: Da, die linke Hand. Da, der goldene Ring am kleinen Finger. Da, dieses nicht aufhören könnende KOMM!

Dann sagt sie im gewöhnlichsten Ton: Es ist Jesus. Das Ringlein ist von ihm. Ich gehöre Jesus. Das müsst ihr begreifen. Jesus hat mich berührt und entführt. Komm, hat er gesagt. Ich musste nur folgen. Und dass das keine Einbildung ist, sondern ein wirkliches Geschehen, beweist dieses Ringlein an meiner linken Hand.

Was hätte ich sagen sollen? Wie reagieren? Ich sagte: Ich sehe, was ich sehe. Ich habe immer gedacht, ich sei auf alles gefasst. Sie waren immer unbegreiflich, Sirte. Sie waren immer, entschuldigen Sie, wunderbar. Und jetzt zeigen Sie es allen. Jesus, sagen Sie, hat Sie berührt. Jesus hat Ihnen das goldene Ringlein an den kleinen Finger gesteckt. Jesus hat gesagt: Komm.

Und Sirte in der gewöhnlichsten Tonart: Es ist die Vertreibung ins Paradies. Das reicht doch.

Ich sagte: Ich seh's, Sirte. Jetzt müssen es auch Herr und Frau Zürn erfahren, erleben.

Und Sirte: Sagen Sie allen einen schönen Gruß. Sagen Sie allen: Nirgends ist, was uns fehlt, genauer ausgedrückt als in Gott. Dieser Mangel hierherum hat mich ins Paradies vertrieben. Das ist doch verständlich, oder?

Ich sagte: Wir müssen den Mut haben, das Unbegreifliche zuzugeben.

Und Sirte: Ich gebe zu, ich kann leicht so daherreden, weil Jesus zu mir gesagt hat: Komm. Ich bin gefolgt. Ins Paradies. Das dürfen alle erfahren.

Ich sagte: Das werde ich weitersagen, Sirte. Adieu.

Und ging. Und wunderte mich, dass ich durch eine Tür gehen konnte. Und wunderte mich, dass ich Herrn Zürn grüßen konnte, wie ich ihn immer gegrüßt habe. Und dann sagte ich einfach alles hin.

Und Herr Zürn, wieder einmal überraschend, rief aus: Das ist es! Darauf habe ich gewartet! Das habe ich immer gespürt! Sirte ist ein Wunder! Und Sie sorgen jetzt schnell dafür, dass dieses Wunder wirkt. Dann ist die Heiligsprechung geschafft, mein Lieber. Mehr als dieses Wunder können die nicht verlangen. Sollen kommen und Sirtes Hand anschauen, die Hand mit dem goldenen Ringlein am kleinen Finger! Das ist großartig, mein Freund. Ich werde nachher gleich hinaufgehen zu ihr und mir das Wunder zeigen lassen. Jetzt sind wir durch, mein Freund. Jetzt ist die Heiligsprechung geschafft. Das heißt: Sie müssen sie jetzt durchsetzen in der frommen Bürokratie. Aber jetzt haben wir noch ein Wunder vorzuweisen. Jetzt schaffen Sie's. An die Arbeit. Noch vor Weihnachten muss die Heiligsprechung über die Bühne. Und wieder: Zu Sirte kein Wort!

Und ließ mich stehen.

Ich schrieb an den Postulator.

Ich beschrieb das Wunder.

Und mir wurde geantwortet, dass da ein Missverständnis im Gang sei. Wunder müssen nicht von Frommen vollbracht werden, sondern wer heiliggesprochen wird, muss Wunder wirken, bewirken. Sirte Zürn könne nur heiliggesprochen werden, wenn durch sie, durch ihr Beispiel, Wunder beweisbar geschähen. Sich einen Ring an den kleinen Finger stecken und sagen, das habe Jesus getan, das kann jeder.

Ich muss also, was mit Sirte geschehen ist, so darstellen, dass es Wunder wirken kann. Ich muss, was mit ihr geschehen ist, der Welt mitteilen. Heiliggesprochen wird niemand, der an sich, mit sich, ein Wunder erlebt, sondern wer bei anderen ein Wunder bewirkt. Und sei es eine Krebsheilung. Also, ans Werk.

19

Aus Sirtes Tagebuch:

Gegen Gott ist, wer ohne ihn ist und ihn nicht vermisst.

Solang ich nicht gesteh, wie schwach ich bin, bin ich nicht so schwach.

Wenn sonst nichts ist, sind die Wörter etwas.

Dass Gerechtigkeit möglich sei: die Vertröstung, die mit Gott geschafft wird.

Man muss jemanden haben, zu dem man spricht beziehungsweise betet. Lieber mit Gott reden als mit Menschen.

Ich muss so arm sein dürfen, wie ich bin.

Wir würden die Tiere nicht verstehen, wenn wir anders wären als sie. Kann man sich vor einem Tier schämen?

Die Sonne ist ein Stein am Ring des lieben Gottes. Schau, dein Schatten singt. Sing ihm die zweite Stimme.

Ich schrei nach Milde, es kann mich niemand hören.

Schicksal, lehre mich beten zu meinem Gott, der mir aus der Rippe springt.

Alles Gute kommt von oben. Ein schrecklicher Satz.

Der Schmerz ist ein Schrank, in den ich gesperrt bin.

Der Inbegriff der Gottheit ist die Nichtansprechbarkeit.

Jeder Tänzer hinkt, wenn er nicht tanzt.

Liebeserklärungen sind die reinsten Selbstgespräche.

Die Sonne jagt den Mond vom Himmel.

Jetzt frag ich mich, was ich anhabe. Schwarzer Lederrock, schwarze Strümpfe, graue, matte Bluse. Seide.

Solange man Musik hört, hat man eine Bedeutung, die man nicht hat.

Durchsichtige Sätze sind gar nicht so gut. Besser, ich verstehe etwas, weiß aber nicht, warum.

Ich kann allen etwas vormachen, nur mir selber nicht.

Ich ahne, was für ein Lichteinbruch bewirkt wird durch bloße Glaubensstärke.
Gottes Gegenwart, erlebbar an jedem Blütenblatt.
Frömmigkeit als Lichterlebnis.

Ich gestehe, am liebsten sind mir Lügner, die mir zuliebe lügen.

Ich weiß, dass es eine jungfräuliche Geburt nicht geben kann. Und wie gerne glaub ich eben an diese jungfräuliche Geburt. Schöner ist nichts als die Gegenwart Gottes in einem Erlebnis reinen Glaubens.

Beten liegt uns. Ein Religiöser, der nicht sofort sterben will, ist nicht vorstellbar.

Der Tag hat kalte Füße,
die Nacht ein schwarzes Tuch,
mich würgt ein Ringer,
mich krümmt ein Fluch.

Nicht anders als andere, aber anders.

Die Welt entspricht mir nicht, aber ich soll ihr entsprechen.

Sehnsucht ist da, bevor sie ein Ziel hat.

Es gibt kein Leben vor dem Tod.

Viele Bäume wachsen in meinem Kopf, die in der Welt nicht mehr wachsen. Ausgestorbenes ist in mir zu Haus. Ich bin ein blühendes Grab.

Ich will nicht mehr sprechen müssen. Was ich denke, kann ich nicht sagen. Und etwas sagen, was ich nicht denke, kann ich auch nicht.

Schreiben, um nicht zu schreien.

Gern bänd ich die Wörter zum Strauß,
flöcht blühende Reime hinein,
aus meinen Händen aber wachsen
statt Blumen Elegien.

Ein Vokabular macht aus der Religion Theologie.
Wer die Geheimnisse Gottes nicht als solche erträgt,
will sie ins Vokabular der Theologie übertragen.

Hat die Freude schönere Töne als der Schmerz?

Aus dem Mund fließt mir nichts als Segen. Ich bin gebenedeit. Ich habe den himmlischen Knacks. Zur Seligkeit verdammt. Amen.

Wer fliegt herum in meiner Stube und flattert und streift?

Wenn ich gestünde, dass der Anführer einer feindlichen Truppe die Quartiere besetzt, in denen ich mich gerade einrichten will, dann würde man mich mit bezeichnenden Fremdwörtern belegen. Wenn es nutzlos ist, schwer Erträgliches mit mir fremden Wörtern zu bezeichnen, behalte ich meine Erfahrung für mich.

Ob Gott zu bedauern ist, wegen seiner Allwissenheit? Das muss furchtbar sein, alles mitzukriegen.

Ich steige um auf eine Eisscholle und zünde ein Feuerchen an. Dann sink ich mit gefalteten Händen in das eisige Wasser und bleibe fromm bis zum Schluss.

Ich hänge wieder am Sehnsuchtstropf. Ich möchte nichts tun als mich sehnen.

Ich knie schon so lange, mit gefalteten Händen.

Abgrund, schluck mich doch ganz, anstatt bloß auf mir herumzukauen.

Der Herr hat seinen Engeln befohlen, dass sie mich behüten auf allen meinen Wegen. Psalm 91,11. Und wie ich das spür!

Ich bin die Wächterin am Grab meiner Wünsche.

Ich bin eine Blume, mich frisst das farbenblinde Pferd.

Gestern Kloster Sießen, meine Tante hat ihr Siebzig-Jahr-Jubiläum. Mit ihr achtunddreißig Jubilarinnen. Die Tante weiß ihren Namenstag besser als ihren Geburtstag. Aus Katharina wurde Taddäa, weil der Vater Taddäus heißt. Unsere Taddäa ist vierundneunzig. Sie ist unser Goldstück, sagt eine Schwester. Sie leitet die Geschäfte des Klosters seit achtundzwanzig Jahren. Jetzt sind es dreihundert Schwestern in Sießen. Sechzehn Zentner Honig schleudern sie jährlich. Sie sagt, es habe Jahrzehnte gedauert, bis ihr Äpfel lieber waren als Bananen. Mir muss auffallen, dass sie immer, wenn sie Christus sagt, dazu sagt: unser Herr.

Der leere Himmel dröhnt vom göttlichen Schall.

Wendet euch zu mir, so werdet ihr gerettet.
Denn ich bin Gott und sonst keiner mehr.
(Jesaja 45)

Sobald ich aus Versehen in den Spiegel schau,
will ich nicht mehr in den Spiegel schauen.

Das Schlimmste ist die Angst vor der Angst.

Die Harmlosigkeit ist ausgestorben.

Der Seele die Augen ausstechen, den Ohren das Denken verbieten.

Die Welt ist ein Radiergummi, der nichts mehr zu radieren findet als sich selbst.

Jetzt gib mir halt die Hände, Nacht. Nimm mich mit. Ich bin leichter als je. Leerer nämlich, mir so untreu wie anderen. Und ungehörig durch und durch. Ich lehre die Leere schmusen.

Dieser unbestimmte Hunger, den wir Hoffnung nennen, unbelehrbar.

Sehnsucht tut nur so, als sei sie nach außen gerichtet. Tatsächlich ist sie Selbstverzehr.

Eine Leiter aus Wörtern hat jeder in sich, nach oben kein Ende.

Schwer schwebst du über jedem Abgrund, singend.

In den Verzicht beißen wie in ein Stück Brot, nicht so lange kauen, dann schlucken.

Ich will die Traurigkeit nicht plagen, dass sie gestehe, aus was sie sei.

Ich esse von jetzt an nur noch Süßigkeiten, bis ich keinem mehr gleich sehe, besonders mir nicht.

Füge dich doch, Wörterwelt, in meine Empfindung.

Ich taste mich ab mit Wörtern, bis mir etwas entgegenkommt. Ein winziges Gesumm beim Einsturz des Universums, das es nicht gibt.

Nichts ist so unbegreiflich wie die Aussichtslosigkeit.

Wenn ich Schreie ausstoße, kurze, nicht zu laute Schreie, dann immer so, dass nur ich sie höre.
Ich will nicht, dass außer mir jemand hört, wie ich schreie.

Warum kann man die Seele nicht blenden wie die Augen? Dass sie nichts mehr sähe, wüsste, fühlte!

Herz, schlag schneller, das Leben will's.

Die Anziehungskraft des Unerklärlichen ist die Macht des Unerklärlichen. Es gibt kein Entkommen, das Unerklärliche ist immer schon, wo du bist. Mit dem Unerklärlichen kann man nur leben, weil man auf die Erklärung hofft.

Ich habe das Leben verloren und den Tod nicht gefunden.

Die Sehnsucht hat nur noch ein Ziel: Gott. Nichts mehr wissen wollen, was nicht zu Gott führt.

Wie jeder schreit und sich nicht hört. Wenn er glaubt, dass Gott ihn höre, schreit er leiser.

Mich siedet die Sehnsucht nach Gott.

Ich bin das Nest der Seligkeit. Ich könnte Stellen zitieren wie bei einem Gottesbeweis. Wer Gott beweisen will, hat ihn nicht.

Zertritt mich doch, Wunsch, mit der Wucht deiner Unerfüllbarkeit.

Das himmlische Jerusalem will mich haben. Ich kündige das Alphabet, weil es keine Buchstaben hat für meine Sehnsucht, die Gott sucht. Ich bin am Ziel. Nun, Unsäglichkeit, bist du ganz mein.

Erst jetzt weiß ich, dass es Engel gibt. Erst seit ich Engel brauche, weiß ich, dass es sie gibt. Ich kann an nichts und niemand mehr denken. Nur noch an Engel.

20

Eigentlich wollte ich mich noch selber vorstellen. Dass ich mehr wäre als der Wegweiser zu immer neuen Sirte-Bewegungen. Ich gebe aber zu, dass es mir genügt, der zu sein, der zu Sirte führt. Ich erlebe, dass es mich glücklich macht, Sirte zu dienen. Ja, zu dienen.

Die Verse, die ich schreiben könnte, genügen meinen Ansprüchen nicht. Also schreibe ich sie nicht.

Ich erlebe mich gern als Verehrender. Darum bin ich bei Sirte gelandet.

Alles hat sich ins Unvorhersehbare entwickelt. Ich hatte keinen Plan, ich war erfüllt, belebt von einem unendlichen Vertrauen zu Sirte. Ich erinnere daran: Christus selbst steckte ihr den Schwesternring an den kleinen Finger.

Ich war darauf gefasst, dass sie im Kloster um Aufnahme bittet, bereit, die Gelübde der Armut, des Gehorsams und der Ehelosigkeit abzulegen. Einmal trat sie bei mir ein und sagte: Es ist für mich nicht anders, als wenn Gott und ich allein auf der Welt wären.

Die süße Hand Gottes ermuntert mein Hertz
Und machet, daß ich mit mei'm Unglück nur schertz.

So hat eine Heilige gesprochen, ja, gesungen. Und Sirte hat sie für mich entdeckt: die heiliggesprochene Anna Höß aus Kaufbeuren, die heilige Crescentia. In ihr hatte sie ein geistliches Vorbild entdeckt. Auswendig konnte sie aufsagen und singen «Crescentias Leidenslied», fünfzehn Stationen des Kreuzwegs in zweiundzwanzig Strophen.

Und Sirte erlebte, wie die Gottesmutter Maria ihr das Jesuskind in den Arm legte.

«Mystische Entrücktheit» kann man ihre Zustände nennen. Sie sah Scharen von Tieren, vor denen sie sich ekelte, Spinnen, Kröten, Krebse und Schlangen: auf ihrem Bett.

21

Schließlich kam es so weit, dass ich nur noch der Empfänger von Sirtes Botschaften war. Sie klopfte, trat ein und überreichte mir Blätter. Von ihr beschriebene Blätter, nummeriert.

Erste Lieferung

Die Leere dröhnt, die Armut geht spazieren.
Hüpf höher, liebe Depression.
Weltrekorde sind geil auf dich.

Ich bin ein Bau aus Illusionen,
die Wirklichkeit hat keinen Teil an mir,
ich lass in mir die Tränen wohnen,
sie zahlen mit rotem Blut dafür.

Zweite Lieferung

Ich bewirtschafte das Nichts.

Ich irre aufwärts in die Welt der Täuschungen,
zugeklebt, meine Augen, mit Schmetterlingsflügeln.

Mein Leichnam blüht, es glüht das Eis der Unsterblichkeit.

Wenn alles geschieht, um etwas Ungewolltes fortzusetzen. Es darf nicht bemerkt werden, dass alles keinen Grund mehr hat. Alles muss getan und gesagt werden, als sei es die innigste Aufgabe. Es könnte aber alles unterbleiben. Damit wäre man doch einverstanden. Jetzt dieser Aufwand, Tag und Nacht für nichts und wieder nichts. Lass es doch. Aber ich habe mich verpflichtet. Ich habe Erwartungen wachsen lassen. Erwartungen der wildesten Art. Diese Erwartungen kann ich überhaupt nicht erfüllen. Aber ich muss so tun, als sei mir nichts so wichtig, wie auf diese Erwartungen zuzuleben und sie eines Tages zu erfüllen.

Dritte Lieferung

Ich bin gezwungen, einen Ton von mir zu geben. Ich muss diesen Ton möglichst ausdruckslos halten, weil es sonst klingt, als heulte ich. Er beherrscht mich. Schon dass ich daran denke, mich zu wehren, macht ihn wild, er wird mich blamieren.

Der Teufel hat in uns genauso viel Grund wie Gott.

Ich scheue jetzt jede länger gültig sein wollende Aussage. Das hieße doch schon wieder, ich müsse mich nach dem Augenblick, in dem ich das und das gesagt habe, richten, auch wenn inzwischen längst andere Empfindungen die Herrschaft haben.

Vierte Lieferung

Die Eichen stehen voll im Rost,
prangen mit Verfall,
der Wind schleift der Kälte das Messer,
ich knie im Widerhall.

Der graue Himmel, mein Gesicht, möchte lieber weinen.

Schwere buchstabiere ich, Verhängnis, aber lesen kann ich's nicht.

Das Nichts ist die Schale, in die alles fließt.

Einen Morgenmantel trägt der Tod mit meinen Initialen.

Ich bin die Zigarette in meinem Mund:
Das macht mich unsterblich.

Fünfte Lieferung

Wenn Gott allwissend wäre, hätte es die Beichte nicht gebraucht.

Seiten sich mit Klagen füllen, aus den toten Büschen des vergangenen Jahrhunderts sprengen blühende Husaren her, fallen jetzt musikalisch vom Pferd.

Sechste Lieferung

Den freien Flug zu Gott, zu meiner Vereinigung mit meinem geliebten Jesus.

Der heilige Augustinus: O Mensch, lerne tanzen, sonst wissen die Engel im Himmel mit dir nichts anzufangen.

Liebe einatmen und nie satt werden.

Ich betrachte am liebsten die Einfachheit Gottes.

Ich möchte nur immer ganz vereinigt sein.

Meine Sehnsucht nach Liebe, nach dem Geliebten, nach der Vereinigung mit ihm.

Mein Herz brennt vor Heilandsliebe. Ich erlebe, wie mein Geliebter, das ist Jesus, mich umarmt und liebkost.

Heute erscheint mir mein Geliebter wundervoll als Bräutigam.

Oh, ich möchte alle Herzen zusammenbinden und in den

Ozean der Liebe werfen, dass alle gereinigt und mit Liebe erfüllt wären.

Siebte Lieferung

Im Betrieb einer großen Küche leben.

Manchmal bin ich so weit weg, weil die Bilder so stark und so schön sind. Und es ist dann wie im Himmel.
Ich möchte zurück ins Paradies.

Mitten im Betrieb einer großen Küche plötzlich
meine Sehnsucht, bei Jesus daheim zu sein.

Ich möchte alles, was Ulrika Nisch erlebt und fühlt und sagt, nachfühlen und nachsprechen. Ich möchte nicht mehr Sirte sein, sondern Ulrika. In einer Großküche arbeiten und Gott so nah sein. Das Paradies sieht aus wie Gott, sagt sie mitten im Betrieb der Großküche. Ihre andauernde Gottesnähe ist so ansteckend, so verführend – ich verliere mich an Ulrika und weiß nicht, wie ich je zurückfinden soll zu Sirte.

Achte Lieferung

Wenn mir nichts weh tut, gibt es mich nicht.

Ich bleibe mir fremd, setz mir einen Hut auf
wie einem anderen. Und lüge mich an.

O Lyrik, o Juli, und ich ein Hindernis im Abendrot.

Man muss so arm sein dürfen, wie man ist. Armutszeugnisse, darin sollen wir einander übertreffen wollen.

Etwas, das nur ich verstehe, verstehe auch ich nicht.

Neunte Lieferung

Wenn mir wenigstens Tränen aus den Augen fielen,
dass ich mit blinkenden Seilen gebunden werde
an einen Zustand.

Wo wehst du mich hin, Auto? Ich habe nicht gewusst,
dass ich ein Blatt bin eines Straßenbaums.

Möchte sein wie summend, honigsüß, weltkapabel, überirdisch aufgelegt. Mir wachsen wahrscheinlich Zweige
aus dem vom besseren Wissen verschlossenen Mund.

Zehnte Lieferung

Der Einsamen tanzt eine winzige Fliege auf der Nase,
ich habe nicht den Mut, sie zu zerquetschen.
Vielleicht ist sie verwandt mit mir. Auf jeden Fall
mündet in ihr so viel Geschichte wie in mir.

Nirgends halten, gar bleiben. Rasend weitertasten.
Aber auf Blütenblätter meinen Namen schreiben.

Lass junge Wörter erscheinen auf diesen Wiesen, dass ich betört schreiben würde, wie nass sie sich anfühlen und dass ich sie grüße mit Händen und Füßen.

Mir hagelt es ins Gesicht, heiß brennt das Eis, das mein Lachen schmilzt, die Gabe, dass es gleich Tränen sind. Dann lass ich mich fotografieren, glückliche Lösung, nenn ich das Bild.

Nach jedem Zug an der Zigarette kann ich wieder schwören: Nie wieder rauchen.

Elfte Lieferung

Heute bin ich aufgewacht mit einem Vers aus der Kindergartenzeit:

Ich bin klein,
mein Herz ist rein,
darf niemand hinein
als du, mein liebes Jesulein.

Ich bin mir einfach zu wenig.

Ich bin bei Gott, und Gott ist bei mir. Wir, Gott und ich, sind alles, was es gibt. Der Himmel ist die Wiese, auf der wir weiden. Gott und ich sind die Welt. Ich höre ihn in jeder Musik und rieche in jeder Blume seinen Duft. Er ist die Fülle. Wir sind ein Paar. Er ist die Liebe, an der es keinen Zweifel gibt. Er ist der Reichtum, der mich fähig macht zu helfen, wo Hilfe fehlt. Lieber Gott, bleib bei mir. Ich spüre dich, wenn ich atme. Ich bin ganz und gar von dir durchdrungen. Eine solche Leichtigkeit sind wir, du und ich. Ich spüre fast den Boden nicht, auf dem ich gehe.

Diese Blätter übergab Sirte mir und sagte dazu, sie hoffe sehr, dass, was sie aufschreibe, mir gefalle. Sie bitte mich, ihr sofort zu sagen, wenn mir, was sie aufschreibe, missfalle. Dabei sah sie mich mit ihren großen dunklen Augen ganz freundlich an.

Ich gestand ihr, dass ich ihre Lieferungen mit einer Aufmerksamkeit läse, wie ich noch nie etwas gelesen hätte.

Sirte, sagte ich, du machst mich glücklich mit jeder Zeile.

22

Sirte schrieb:

So, mehr schwebend als gehend, gehe ich jeden Tag in die Stadt. Mir ist immer, als würde ich gerufen. Und dann fand tatsächlich auf einmal das Leben statt.

Eine Parkbank fand statt, weil auf dieser Parkbank jemand saß. Eine Frau nämlich. Sie kauerte mehr, als sie saß. Ich hatte nicht vor, mich auf diese Parkbank zu setzen. Aber die Frau sah mich so an, dass mir nichts anderes übrig blieb, als mich neben sie zu setzen.

Als hätte ich ihr damit einen Gefallen getan, sagte sie: Danke.

Dann stand sie auf, nahm meine Hand und sagte: Bitte.

Also ließ ich mich führen. In ihr Haus.

Eine Männerstimme brüllte: Kommst du endlich!

Sie deutete mit einer Handbewegung an, dass dieser Mann betrunken sei. Offenbar immer.

Und er brauchte seine Frau, weil er jemanden brauchte, den er schlagen konnte. Sie drängte mich auf ihren Stuhl. Kaum saß ich, schlug er zu. Er sah nichts mehr.

Aber dass jemand auf dem Stuhl Platz genommen hatte, kriegte er mit. Und schlug zu. Mit einer Peitsche. Ein paar Hiebe.

Ich heulte auf.

Er: Auch das noch!

So kam ich in eine Geschichte, die meine Geschichte wurde. Weil er mich schlagen konnte, schlug er an diesem Tag nicht Lisa, seine Frau. Er hieß Ludwig Proll, sah fast nichts mehr und war immer betrunken.

Entscheidend war, dass ich am nächsten Tag um dieselbe Zeit wieder zu dieser Parkbank kam, auf der Lisa saß und schon darauf wartete, dass sie mich mitnehmen konnte.

Ich musste hin. Aber warum musste ich hin? Es war Lisa, die alles bewirkte. Weil sie da auf dieser Parkbank saß, musste ich meinen täglichen Parkgang zu dieser Bank lenken und mich mitnehmen lassen.

Es war Lisas Blick. Ihm begegnet zu sein hieß: ihr folgen.

Ein Mensch, der dich so anschaut, braucht dich. Du hast keine Wahl. Du weißt noch nicht, was alles daraus folgt, dass du ihrem Blick nicht widerstehen kannst. Und sie führt dich auf den Stuhl, auf dem die Person sitzt, die täglich geschlagen wird.

Er merkte, dass er statt Lisa mich schlug, weil ich bei jedem Schlag aufheulte. Offenbar war es wichtiger, dass er schlagen konnte, egal, wen.

Auf dem Weg von der Parkbank zu ihrem Haus fragte Lisa, wie ich heiße.

Sirte, sagte ich.

Sie lachte und sagte: Komischer Name.

Ich fragte, warum ihr Mann immer betrunken sei.

Sie dürfe es mir nicht sagen, sagte sie. Sein einziger Freund habe ihn betrogen. Mehr dürfe sie mir nicht sagen.

Jeden Tag ging ich zur Parkbank, auf der sie kauerte und danke sagte, wenn ich mich neben sie setzte. Wenn sie aufstand, sagte sie: Bitte. Und ich folgte. Dass ich einen Menschen davor bewahren konnte, geschlagen zu werden, zog mich an. Plötzlich hatte mein Leben einen Sinn. Ich musste mich schlagen lassen, um dieser Frau die Schläge zu ersparen. Die Schläge taten zwar weh, aber sie taten mir auch gut. Weil ich etwas nützte.

23

Aus Sirtes Tagebuch:

Die Anbetung der Vorhänge ist meine Religion. Zum Glück spür ich Gott in allem, was es gibt. Ich brauche keine Wörter mehr. Ich bin gebenedeit. Aus mir fließt ein Segen in die Welt. Ich bin ein Zeugnis. Ich bin, was er mich sein lässt. Ich bin sein. Das wird sich allen zeigen: als ein Glanz. Als ein Jubel. Als die Innigkeit der Innigkeit. Es ist so weit. Ich brenne.

Ich schmiege mich an die, die mich mögen. Das sind sehr verschiedene Leut. Damen mit längst gebrochenen Stimmen, Beamte, wegen Trunkenheit aus dem Staatsdienst entlassen, Lehrer, von denen im Lehrerzimmer abgerückt wird. Hoffnungsarme jeder Art.

Plötzlich wurde ich von dem Gefühl überfallen, ich sei allen etwas schuldig.

Man erzählt und merkt, man muss so übertreiben, sonst hört einem keiner zu.

Erzähl die Geschichte, von der du wünschst, sie sei wahr. Erzähl Sätze, die es auch ohne dich gibt.

Ja, imitier nur, Sirte!

Sag: Gäbe es Gott, könntest du nicht von ihm reden. Dann gäbe es kein Wort dafür.

Du sinkst zusammen in dir wie etwas, das ohne sichtbare Flamme sehr schnell verbrennt.

Ich möchte mich zusammenfalten wie die Karte eines Landes, in das ich nicht mehr reisen will.

Jede große Gebärde muss sich auf jemanden beziehen, der kann gar nicht groß genug sein. Je größer die Gebärde, desto erlösender ist sie.

24

Gestern kam Sirte zu mir und sagte: Lieber Anton, es ist vollbracht. Entschuldige, anders kann ich es nicht sagen.

Jetzt ist es mein – bald hätte ich gesagt – Amt, es auszusprechen. Sozusagen öffentlich. Tatsächlich zittert mir die Hand, die das jetzt schreiben soll, darf, muss.

Die Wahrheit. Die Wahrheit ist etwas Paradiesisches. Sagen dürfen, was man will. Schöner kann nichts sein.

Es war der Alkoholiker, der die Sensation schaffte. Ludwig Proll, dem Sirte täglich diente, dass er sie und nicht Lisa, seine Frau, schlage. Plötzlich hörte der auf mit Schlagen und Trinken. Und sagte es uns allen, dass er es nicht für möglich gehalten habe: Eine Frau lässt sich täglich schlagen, um zu verhindern, dass eine andere geschlagen wird. Das habe ihn so gerührt, sagte der Alkoholiker, dass er spürte, er könne dieses tägliche Opfer einer gewissen Sirte Zürn nicht ertragen, ohne durch und durch bewegt zu werden. Ja, wenn das möglich ist, dass eine Frau sich täglich schlagen lässt für eine andere, dann entstehe in ihm eine Kraft, die er nicht gekannt habe. Warum noch Alkohol, wenn so etwas möglich ist. Und das sei ihm passiert. Er habe plötzlich nicht mehr trinken können. Diese Sirte Zürn sei in ihm spürbar geworden als eine bis dahin unbekannte Kraft.

Als ich das hörte, dachte ich: Ob er das nun wollte oder nicht, sie hat etwas Wunderbares bewirkt. Ein Mensch braucht plötzlich keinen anderen mehr, den er schlagen muss. Das allein ist schon wunderbar. Und dass dieser Mensch dann keinen Alkohol mehr braucht, kann einen gar nicht genug wundern. Das Opfer, das eine Frau täglich bringt, wenn sie sich schlagen lässt für eine andere, dieses Opfer strömt eine Kraft aus, der sich Ludwig Proll nicht entziehen konnte.

Für mich war es schlimm gewesen, jeden Tag mit anzusehen, dass Sirte zur Parkbank wanderte, dort die kauernde Lisa erlebte und von diesem Erlebnis so betroffen wurde, dass sie der Kauernden die Hand reichte und Bitte sagte und sich von ihr in deren Haus führen ließ und dort auf den Stuhl, um vom betrunkenen Ludwig Proll geschlagen zu werden. Täglich wurde ich Zeuge dieser grausamen Prozedur, ohne sie verhindern zu können. Mehr als ein Mal versuchte ich, sie von ihrem Opfergang abzubringen. Dann sagte sie: Der liebe Gott will es. Was sie durchmachte, war ein Martyrium. Der liebe Gott will es. Dagegen konnte ich nichts machen.

Aber eines Tages klopfte sie bei mir an, trat ein und überreichte mir ein Blatt. Einen Brief. Geschrieben vom Alkoholiker und Prügler Ludwig Proll. Geschrieben an Sirte. Ich musste lesen:

Sehr verehrte Sirte Zürn,

was Sie mich jeden Tag erleben lassen, kann ich nicht länger hinnehmen. Dass ein Mensch sich schlagen lässt für einen anderen, der ihn eigentlich nichts angeht, das habe ich einen halben Sommer lang hingenommen. Mit wachsender Bewunderung, mit staunender Bewunderung. Ich habe, was ich da erlebte, nicht für möglich gehalten.

Allmählich erlebte ich, dass Ihr täglicher Opfergang mit mir etwas machte. Ich wollte Sie nicht nur bewundern. Ich musste reagieren. Ich wusste nur nicht, wie. Ich wollte Ihr tägliches Opfer nicht länger ertragen. Deshalb sage ich Ihnen heute: Hören Sie auf, sich täglich prügeln zu lassen. Dann höre ich sofort auf zu trinken.

Ihr Ludwig Proll

Ich gratulierte Sirte zu diesem Brief. Aber sie wollte nicht darauf verzichten, an Lisas Stelle geprügelt zu werden. Sie wollte nicht ohne ihr Martyrium sein. Das konnte ich ihr nicht einfach sagen.

Ich sagte, dass ich glücklich wäre, wenn sie sich nicht mehr prügeln lassen würde.

Sie sagte: Aber wenn Gott es will.

Ich sagte, dass sie sich auf jeden Fall für diesen Brief bedanken müsse und dass sie von jetzt an also darauf verzichten solle, sich an Lisas Stelle prügeln zu lassen.

Und so geschah es.

Sirte ging nicht mehr zur Parkbank. Ludwig Proll hörte tatsächlich auf zu trinken. Und er brauchte keinen Menschen mehr, den er schlug.

Das war Sirtes Wirkung.

Und Sirte war einerseits froh über ihre Wirkung, andererseits war sie unglücklich, weil sie jetzt für niemanden mehr leiden konnte.

Ich versuchte, ihr vorsichtig zu erklären, dass sie etwas bewirkt habe, was man ein Wunder nennen dürfe.

Sie schüttelte den Kopf. Sie will kein Wunder, sie will einen Sinn für ihr Dasein.

Den Sinn musst du selber suchen und finden, sagte ich.

Das will ich, sagte sie und ging.

Ich aber beschloss, dem Postulator mitzuteilen, was geschehen war. Nicht weniger als ein Wunder.

Zum Schluss

Der Prozess ist eröffnet. Der Postulator versorgt die Kommission mit allen Einzelheiten, die dazu dienen können, Sirte seligzusprechen.

Sirte hat von Anfang an den höchsten Schicksalston angestimmt. Dass wir uns getroffen haben, hat sie immer nur staunen lassen. Ich habe ihre Ausstrahlung jedes Mal als mehr als irdisch erlebt. Und alles, was sie mich erleben ließ, habe ich jetzt dem Postulator anvertraut. Da an dem Wunder kein Zweifel möglich ist, dürfen wir hoffen.

Das Wesentliche am Wunder ist nicht, dass etwas Seltsames und Unmögliches geschieht, sondern dass im geschehenen Zeichen Gott zum Menschen spricht. Die Sprache führt ganz von selbst zur Erschaffung von so etwas wie Gott. Gott ist wahrscheinlich das reinste Wort, das es gibt. Die pure Wortwörtlichkeit, das Sprachliche schlechthin. In Gott kommt die Sprache zu sich selbst. Das höchste Wesen, das wir haben, ist also aus Sprache.

Warum hat denn niemand Gott als soziale Funktion bewiesen? «Gott ist tot» wäre dann ein Ausruf wie: Hurra, ich bin gelähmt.

Und dass ich die Heiligen früher danach bewertet habe, wie schrecklich sie gemartert worden sind! Laurentius stand bei mir mit Stephan an der Spitze, er hielt den Rekord, weil ihn doch Kaiser Decius zuerst mit Skorpionen und mit Knütteln schlagen ließ, dann hielt man glühende Bleche an seine Seite, dann schlug man ihn mit Bleiklötzen. Decius wurde rasend vor Wut und ich toll vor Freude, weil Laurentius sich fröhlich mit einer Stimme von oben unterhielt. Decius verordnete wieder Skorpione und verordnete endlich den eisernen Rost, darunter glühende Kohlen und rundum Knechte, die Laurentius mit eisernen Gabeln auf den Rost drücken mussten, und dann erst kam der Satz, der Laurentius zu meinem Lieblingsmärtyrer machte: Siehe, Elender, die eine Seite hast du gebraten, brate nun auch die andere und iss!

Manchmal bedauere ich die heutige Jugend, die sich in ihren Groschenlegenden mit Pistolenschüssen und Kinnhaken begnügen muss, und alles geht hoppdihopp, dass der, der unterliegt, gar nicht mehr die Zeit hat zu einem Satz, wie ihn Laurentius auf dem römischen Grill seinem ohnmächtigen Peiniger mit überlegener Anmut hinsagte, bevor er auf das Schönste verstarb.

Ich bin Don Quijote, nachdem der gelesen hat, was Cervantes über ihn schrieb.

> Es ist ein großes Übel, voller Fehler zu sein und sie nicht kennen zu wollen, denn das heißt, dass man ihnen willentlich den Betrug hinzufügt.
>
> (Blaise Pascal)

Gestern kam Sirte noch einmal zu mir und übergab mir drei Blätter. Die soll ich dem Postulator weiterreichen.

O Feuer, das immer loht und nie erlischt, o immer brennende Glut, die nie erkaltet, entzünde mich, damit ich in deiner Liebe nur dich allein liebe.

(Augustinus)

Kommt, lasst uns zujubeln dem Herrn und jauchzen dem Fels unseres Heils.

(Psalm 95,1)

Ich bin ein Fleck, der trocknet.
Ich werde gewesen sein.

Der Autor dankt
Ulrike Schieder, Lektorat;
Alissa Walser, Umschlagzeichnung;
Fagott, Ffm, Gestaltung.

Originalausgabe
Veröffentlicht im Rowohlt Verlag, Hamburg, Dezember 2019

Layout und Satz: Fagott, Ffm
Gesetzt aus der Balance
Druck und Bindung CPI books GmbH, Leck, Germany
ISBN 978-3-498-00196-4

MIX
Papier aus verantwortungsvollen Quellen
FSC® C083411
FSC
www.fsc.org